D1705712

Bücherinsel Vaalserquartier
Keltenstraße 23
52074 Aachen
05.1602

Ivan Gantschev (Bild)
Renate Günzel-Horatz (Text)

Bibliografische Information der Deutschen Bibliothek
Die Deutsche Bibliothek verzeichnet diese Publikation
in der Deutschen Nationalbibliografie;
detaillierte bibliografische Daten sind im Internet
über http://dnb.ddb.de abrufbar.

© 2004 Patmos Verlag GmbH & Co. KG, Düsseldorf
Alle Rechte vorbehalten.
Printed in Austria
ISBN 3-491-79726-8
www.patmos.de

Das Lied vom blauen Stern

Renate Günzel-Horatz
Ivan Gantschev

Patmos

Wüst und öd und zappenduster,

wilder Mischmasch rings umher,

Wirrwarr oben, unten, seitlich,

Wind und Wogen donnern schwer.

Wer lebt schon gern

auf so einem Stern?

Licht soll werden, spricht der Schöpfer,

leuchten soll der Morgen weit,

    lodernd glüht die Mittagsstunde,

leis löscht's aus zur Abendzeit.

    Gott schaut von fern

auf den blauen Stern.

Glänzend glatt wie ein Gewölbe

gründet Gott das Himmelszelt.

Groß und gastlich wie ein Festsaal

gibt es guten Schutz der Welt.

Und Gott schaut von fern

auf den blauen Stern.

Blumen sprießen aus der Erde,

blühen blau und gelb und rot,

Büsche und Bananenstauden,

Birnenbaum und Korn fürs Brot.

Er gefällt dem Herrn,

dieser blaue Stern.

Sonne strahlt vom hohen Himmel,

Schäfchenwolken segeln sacht,

silbern scheint der Mond am Abend,

Sterne schimmern in der Nacht.

Er gefällt dem Herrn,

dieser blaue Stern.

Fische wimmeln in den Flüssen,

flundernflach, leicht oder schwer,

flink und flitzend, faul und träge

füll'n sie Bach und Teich und Meer.

Voll von Vögeln sind die Lüfte,

Vagabunden, leicht und schön,

viel gereist mit Sturm und Wolken

von den Wüsten zu den Seen.

Er gefällt dem Herrn,

dieser blaue Stern.

Millionen Mitbewohner:

Mücke, Meerschwein, Elefant,

Maus und Maultier, Rind und Wölfe

machen kunterbunt das Land.

Menschenkinder macht der Schöpfer,

Mann und Frau nach seinem Bild.

Miteinander soll'n sie schützen

Meer und Land und Vieh und Wild.

Gott hat ihn sehr gern,

unsern blauen Stern.

Sechs Tage Last –

Gott schaut sich um:

Still ruht die Welt und ohne Streit.

So segnet Gott den siebten Tag,

schenkt Spiel und Spaß und Seligkeit.

Jetzt leben wir gern

auf dem blauen Stern.

Gott erschafft Himmel und Erde

Am Anfang machte Gott den Himmel und die Erde.
Die Erde aber war wüst und wirr.

Dunkelheit lag über dem Wasser, und Gottes Geist schwebte darüber.

Da sprach Gott: „Es soll Licht werden!" Und es wurde Licht.

Gott sah, dass das Licht gut war.

Gott trennte das Licht von der Dunkelheit.

Er nannte das Licht Tag. Die Dunkelheit nannte er Nacht.

Es wurde Abend und es wurde Morgen:

> Das war der erste Tag.

Dann sprach Gott: „Es soll ein Gewölbe sein mitten im Wasser."

So geschah es. Gott nannte das Gewölbe Himmel.

Es wurde Abend und es wurde Morgen:

> Das war der zweite Tag.

Dann sprach Gott: „Das Wasser soll zusammenfließen

und das Trockene soll zu sehen sein."

So geschah es.

Das Trockene nannte Gott Land.

Das zusammengeflossene Wasser nannte er Meer.

Gott sah, dass es gut war.

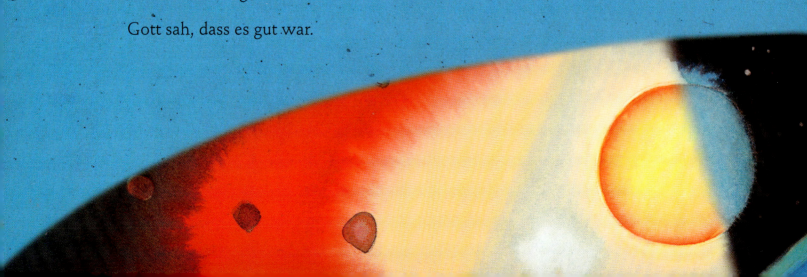

Dann sprach Gott: „Das Land soll grüne Pflanzen

wachsen lassen und Bäume aller Art."

So geschah es.

Und Gott sah, dass es gut war.

Es wurde Abend und es wurde Morgen:

Das war der dritte Tag.

Dann sprach Gott: „Es sollen Lichter am Himmel sein.

Sie sollen bei Tag und bei Nacht über die Erde leuchten.

Sie sollen die Feste, die Tage und die Jahre bestimmen."

So geschah es.

Gott machte die beiden großen Lichter.

Das größere leuchtet am Tag. Das kleinere leuchtet in der Nacht,

zusammen mit den Sternen.

Gott sah, dass es gut war.

Es wurde Abend und es wurde Morgen:

Das war der vierte Tag.

Dann sprach Gott: „Das Wasser soll von Fischen wimmeln.

Und am Himmel sollen Vögel fliegen."

Gott machte alle Seetiere und alle Tiere, die im Wasser wohnen.

Und er machte alle Arten von Vögeln.

Gott sah, dass es gut war.

Es wurde Abend und es wurde Morgen:

Das war der fünfte Tag.

Dann sprach Gott: „Auf dem Land sollen Tiere leben.

Herdentiere, Kriechtiere und Wildtiere aller Art."

So geschah es.

Gott sah, dass es gut war.

Dann sprach Gott: „Lasst uns Menschen machen nach unserem Bild.

Sie sollen uns ähnlich sein.

Sie sollen für die Fische im Meer sorgen

und für die Vögel des Himmels.

Sie sollen für das Vieh sorgen und für alle Tiere auf dem Land.

Gott machte also die Menschen.

Er machte sie nach seinem eigenen Bild,

ihm selbst ähnlich.

Gott segnete sie und sagte: „Ihr sollt Kinder bekommen

und mit ihnen auf der Erde leben.

Freut euch über die Gaben der Erde und sorgt euch um die Fische,

die Vögel und um alle Tiere."

So geschah es.

Gott sah alles an, was er gemacht hatte. Und es war sehr gut.

Es wurde Abend und es wurde Morgen:

     Das war der sechste Tag.

So wurden der Himmel und die Erde gemacht.

Am siebten Tag war Gott fertig mit seiner Arbeit.

Und Gott ruhte und feierte an diesem siebten Tag.

     Er segnete den siebten Tag und nannte ihn heilig.

Das ist die Geschichte, wie Himmel und Erde

gemacht wurden.

aus dem ersten Buch der Bibel,
dem Buch Genesis, Kapitel 1, Vers 1
bis Kapitel 2, Vers 4a